PRISCILA
FIGUEIREDO

Bem-Te-Vi

PRISCILA
FIGUEIREDO

MATEUS
(POEMAS)

coleção canto do bem-te-vi

Mateus, primeiro os teus

índice

Tatu-bolinha

Você se eriça todo
mas nem por isso
toma jeito
Assim é
que ao preferir se dobrar
não dá margem para mim
não tenho simplesmente por onde
pegar as perninhas
alisar o seu oco
ou o seu
preenchimento — pense bem
isso é desesperador

Mas não pense
fique esférico:
estratégia excelente para encolher
minha palavra desenvolvida

Paizinho

Paizinho
se aconchegue a mim
não pensemos no passado
no mundo passado
Você é minha criança
também senti a torpeza lá fora
também corri ao abrigo
...

Você tem esta ferida?
E esta outra aqui?
Pare de lutar
sua cabeça está branca
há um mercado aqui perto
onde se compra com nada
Largue o corpo —
o que você disser
eu também direi

A questão é

a questão é —
pare de falar como se o
atingisse
a você, tão puro do amor-próprio
isso não atinge
a mim, se falo como falo
é porque atinge
isso dá uma tinta
que você não calcula
minha elocução densa e marcada
se você a grafasse
veria os caracteres
o espiarem da pauta
se alongando e retraindo
como homenzinhos em fila
infatigáveis
atrás de tarefas tremendas

Eu sei que era um saci

Não lembro no sonho
onde e por que o
saci
Qual forma
ele cancelou nessa hora
ah já não me lembro

Suponho —
não-mais-saci
Pula de lá pra cá
de cá pra lá
Não é mais preto
não-mais-preto
só uma coisa
de cá pra lá
de lá pra cá

Senti-o tão fundo
vi bem como era
A perna não fazia falta
fazia
O barrete dependurado
não dei por ele
Diz-que tem mais serventia
não sei...
A cabeça vinha mesmo pelada

Muito sério, saltava
de lá
pra cá
de lá
pra cá

Irmãzinha

Pensei muito no que me disse
lembra? falávamos sobre a minha falta de forma
de prudência
Com metáforas antigas
você afirmou serenamente:
o mundo lá fora é mesmo uma
floresta
se não nos protegemos
se não nos concentramos
ele nos traga
Então eu repliquei
querendo aprender a me fechar:
de que sinal eu posso me valer
já que o da cruz é para mim ineficaz?
Nessa altura pairava em minha mente
uma desagradável contingência:
era São Paulo, 2004
e nada era certo
Temi que essa impertinente
viesse bicar
a confortante cúpula que me envolvia
e fortificava

Sem dúvida, pensei
São Paulo é bem uma floresta
e tanta luta é ainda
uma coisa primitiva —
que mal há em nos precaver
e buscar um justo auxílio
nas fábulas eternais?
Não foi isto o que disse

um fino homem da Academia
leitor de Winnicott e Bion —
você é um animalzinho sem pele
e o mundo de que fala é mesmo
uma floresta — ?
Está claro que ele o faz
porque os conceitos, como a morte
são das coisas mais frias
Animalzinho, mundo e floresta —
é uma história que entendo
e em que me agasalho
Assim foi para mim
nossa conversa, irmãzinha
E neste ponto acrescento
embora receie
espicaçar a reflexão
com realidade mais turva —
a da televisão:
o argumento da Bispa ardente
Deus é uma coisa quentinha
não é mesmo muito bom?

Não malqueira minha ironia —
ela tem parte com o mundo
suas garrinhas são como perguntas:
oh mares, oh rochedos
não vistes minha irmãzinha?

Os sonsos

eh besourão
há dias com as patas
no ar

eh peixe sonso
é na pia
que se mostra vivo?

ave, perereca
esticada sobre a lamparina
ardilosa mimética

até agora
louva-a-deus
bancando o morto?

eh bicharada à-toa
a gente pisca
eles voltam à vida

Tão completos

tão completos estivemos um dia
talvez nos recomponha o clima
o vento que alisa
somos um a menos
tão completos estivemos um dia
somos um a menos
o vento que alisa

A seiva

A seiva jorrou neste ponto
fazia sombra, você recusou
minha oferta
continuamos
A seiva jorrou neste ponto
não fazia sombra
o sol chicoteava seu rosto
voltei com minha oferta
você recusou com grande abatimento
continuamos

Não foi

Não foi guerra
pois foi, lhe digo
que destruiu ouça
isto daqui
foi ah foi não foi
que destruiu isto daqui não foi
aonde terá sido? quem me traz notícia?
guerra de guerrilha
a desse tipo
pequenina, mui frequentativa
guerra de salpico
durativa, nesse aspecto
quanta manha
o sal da terra — a guerra
como não sinto?
levina destrutora
nada breve
se firmo o olho —
a pego?
não solte a rédea
verá como bem é o que parece não ser
digo, como veio a ser esta
flor de guerra

Conselho

os abacaxis já vindo cortados
facilita a vida
diminui o lixo de casa
do mesmo modo a verdura
já lavada e enxugada
diminui o lixo de casa
facilita a vida

aí a empregada pode por exemplo
fazer o iogurte
aí sim você faz o iogurte em casa
pode não facilitar a vida
mas é mais saudável

já o queijo branco não compensa fazer
nem mandar a empregada fazer
e tirar o tempo dela pra outras coisas
casa tem milhões de coisinhas
não compensa

Princípios

Arquiteto é que nem cabeleireiro:
você não pode cochilar
Eu queria uma casa e uma sala
que vazasse para o jardim
mas ele não entendeu patavina
Pôs um jardim
vazando na sala, vazando no closet
vazando enfim em toda a casa
e pôs também
num canto do jardim
onde menos razão havia
e eu menos queria
um inextinguível vazadouro

Para quê, meu deus, tanto vazadouro?

Minha filha, que fez um tempo arquitetura
duvidou muito do projeto
achou esquisito, como eu, e arrevesado
todo o esboço do Sr. Costado
que enche a boca (não vaza nada)
quando é para dizer: e o que é que não transformo em ouro?
Um alpendre sem graça, um cantinho apagado sob
a escada
uma cozinha que não segue a tendência, uma sala sem luz
É preciso mostrar a personalidade do cliente
e para isso consulto os milenares parâmetros do feng-shui:
que a casa nunca dê as costas para o Sul
e que se plantem florzinhas vermelhas e amarelas
nalguma parte da ala noroeste...

Isso me pareceu bom e alvissareiro
eu sempre acendo alguns incensos
compro tantas velas e uns cristais
não que eu seja crédula
— mas não deve haver nisso nenhum mal
E mesmo com os dentes não me inibo:
faço biocibernética bucal
— se não faz bem, não há de fazer mal
Mas desejar uma casa menos vazada
ah isso, eu sei, nunca foi pecado!

Depoimento*

As anãs são sempre pobres?
reparem
minha mãe é cobradora
de ônibus e anã
ela fica sentada ninguém nota
com catraca eletrônica
a gente está perdida
no olho da rua
a gente vai comer o diabo
todo mundo vai saber que minha mãe
é anã
e pobre
o único emprego que esconde minha mãe
é o de cobrador ela fica sentada
ninguém vê ou tem tontura
porque suas mãos grandes e rápidas
pegam o dinheiro e o contam e o recusam
quando ela não pode dar o troco
são mãos que não trazem perigo
esse trabalho era mesmo muito bom
porque a gente só podia ver as mãos dela
agora essas mãos andam em companhia do corpo
vão lhes dizer: "Olhem com quem andam!"
Minha mãe não é um corpo estável

* Poema de 1999, inspirado por uma notícia de jornal
à época em que apareceram as catracas eletrônicas.

Em Memória

Andam falando nos mortos
e em nós, o público vivo;
andam falando
benjaminianamente
em como podemos
dialogar com eles —
você, minha doce tia,
que morreu amparada pelos seus,
comida nos dois seios,
embora jovem,
e sem os dentes de um arcada inteira,
minha tia mais pobre, que ao fim benzia os que a visitavam
com o velho clichê ante o meu ateísmo conseguido:
"Ihhh, eu vou estar bem melhor que vocês".

Creio que não ia estar, mas eu não ligo!
Você me acenou,
quase entrei no redemoinho da sua morte;
o cheiro da cama que vigiei pela quaresma
confundiu minha mente
e, se a cena não tomava por grotesca,
é certo que me invadia.

Apesar das instâncias
seu leito permaneceu misterioso
e a participação a que me convocava
e com a qual eu o devia completar
mostrou a mais perfeita identidade
entre pensamento e sensação:
por muito que eu cheirasse e sentisse,
tudo era sempre ideia,
ideia de participação;

talvez até meu testemunho tivesse intervindo
na moldura de seu mistério
mas antes meu corpo, para onde se virasse,
trazia a parede de sua própria vida,
que é a quarta parede da vida.

Cá e lá sofremos apartados, espectador e cordeiro,
e somente contatam os eflúvios de nossos corpos,
as brandas energias que se acenam e em vão prometem.

Minha querida, assevero a você,
no fundo de sua incompreensibilidade,
que a pequena sacola de posses
e o peito costurado como o de uma boneca
são um relicário de feridas
abertas para todos os que virão depois de nós,
abertas para todo o horroroso e sempre.

Ao desabrigo

Ao desabrigo
da tristeza indiferente das espécies
nenhum pássaro confia seu segredo
nenhum peixe vem a meus pés para se exprimir
em palavras inteligentes e dadivosas

...

sim havia uma princesa aqui
sepultada
sob a cidreira
sim a esquecemos já foi
o tempo de
quebrar o
encanto
não é
mais tempo

Boia

Havia uma boia
eu deveria...
Havia uma boia
não lembro se foi
aqui a boia ou o
deve ter sido
então por que
seus olhos
foram
tão baixo

Refresco dos meus olhos

Ah mistério dos desertos
como variam suas pedras!
e rolam e nos incitam:
não se esqueça de mim

Se não nos força o fiscal
deitamos sob o sol quente
a dura cama sob os ossos

Com sorte sentimos
vindo do mais fundo
o bafejo das coisas proteicas

Então
achamos as forças
ganhamos o dia

O fluxo

Ontem mesmo vieram nos dizer que interrompêssemos
o fluxo
ocupássemos a hora de outra forma
Agora o que faremos
são outros quinhentos
por mim é tantufas
eu sinto é pena dessa gente
porque eu, eu tenho onde me fiar
eu posso até parar
mas isso não é meu desejo
sinto pena porque desejam
e param e pensam
para aumentar o desejo
Eu fico na minha
não furo — fico, sigo
até me arrisco
não faço fita
só não imagino
ah não imagino

Relato

É verdade que não havia nada a ser dito
No entanto eu disse
Foi só pra quebrar o gelo
Não obstante receberam como algo a ser ouvido
O que muito me lisonjeou
Por outro lado houve respostas pelas quais vim a conhecer
minha imprudência
e isso me causou grande arrependimento
Então resolvi me calar e reconstituir a solidez inicial
Mas, dentro daquele imenso cubo de gelo que era
o recinto, eu tinha posição isolada era densidade
populacional de um lado e rarefação de outro
Eu um mosquitinho que tivesse entrado na história depois
(na história do congelamento) e fora resfriado
na parte mais acima do cubo, ou mais de lado

Poema minimalista

se você está profundamente triste
e não há razão para isso
você está com certeza doente

se você está muito triste
e não há razão que se perceba
você está, acredite, doente

se você não sai da cama
e ninguém vê a razão disso
você é um patológico triste

se estando profundamente triste
você não vê a razão de estar triste
você é doente mais que triste

se você não vê o que o faz triste
você não vê nada
e sobre o nada o capim persiste

você sente como tudo o abate
e tudo está tão bem, tudo —
a sua dor não diz verdade

no mistério do mundo, a sua dor —
a amada que não o quis?
sua dor, acima ou abaixo da história

mistério demais
razão que ninguém vê
nem mesmo você existe!

Engasgo

Tanto não foi reparado
que o sol deveria corar
e eu
arrancar-lhe os dentes
A Razão me enviou um de seus procuradores
mostrei-lhe a situação
os edifícios furando camadas de ar
encorajados por trompetes de plástico
Eu estava ali de passagem e pensei
que estou sempre de passagem
— não é possível descansar a bunda em cima de uma
agulha
O procurador me falou de pertencimento
soquei seu estômago com todo o ódio
com todo o ódio

Os cães daqui

parece que aqui
os cachorros andam mais de lado
mais humilhados
você ameaça um gesto
eles vão saindo rápido
parecem humanos
os aflige um vexame
que é humano

todo vira-lata é assim

estes aqui
são muito humilhados
pedem desculpas
por usarem a rua
jamais arredam
de quem os colhe

toda vira-lata fica agradecido

cren' Deus padre
— estes aqui...

Não vá além

Estamos deitados sob a parreira
faz uma sombra tão boa
aqui é natureza e mais adiante
contudo
está vendo ali?
Já não é natureza
o encanto quebra
mais uma vez

Depois da guarida
chego ao coração do simples
à esquerda
o encanto quebra
sobre o barranco

Neste exato ponto
é que me alegro:
a linha de ameixeiras conserta o
coração partido
a felicidade pode estar num microclima

É uma pequena zona
uma quadra apenas
ah e o que não daria
para passar a vida aqui
A felicidade pode estar
num microclima

Não ande muito rápido:
rápido mudamos de sítio
meu coração pesa

Paçoca

Não olhe tão fixo —
assim você desmancha
seu tubinho de paçoca!
Sem querer você aperta —
não aperte a moleirinha!
sem querer a mão se abre —
e lá se foi o passarinho
Pisque, pisque muitas vezes
deixe os olhos saltitando
e não permita que o vento
se intrometa em seu serviço:
dê um fim nesse boneco de areia!

Adorável

Vejam aí que nexo adorável: Você é bonita inclusive eu tenho duas bicicletas. Fazem assim um laço de fitas primário, com as alças muito caídas, e lhe dão o presente súbito, um sabonete pintado, por exemplo. Seu cachorro não está? Inclusive toma isto para você. Inclusive ah inclusive! você quebra o gelo do meu coração. O que posso fazer por você? Quer um agasalho? Sempre tão veloz, sempre tão ansioso, parece um anjo propiciador. Pergunto às bicicletas: para onde foi aquele que as trouxe até mim? Estava aqui neste instante! Elas nada sabem, apenas estalam de brilho; logo o vejo, no entanto, dinâmico e clandestino, arrastando todos os objetos do mundo. Decerto planeja uma festa.

Modernista

São Benedito
a graça alcançada
escapou
bem sabes que fiz
sete medidas de bolo
e muitas cópias da prece
ao senhor consagrada
bem sabes...
e com efeito o reconheceste
pois não te fizeste de rogado
e, sim, como era esperado
Agiste com precisão:
nem mais nem menos
obtive
mas o tanto necessário, e não era
a felicidade
Não era —mas fiquei feliz

A graça como veio
foi
decerto voou para pedidos mais amplos
que lhe dessem maior peso e a rebocassem
O meu pedido
era meio avoado, são Benedito

MATEUS

Mateus
os teus
para onde foram?
É meu dever te avisar:
não foram os primeiros
Retardaram a marcha
esperei-os no ponto
eles não foram
depois
mandaram me dizer:
nunca fomos os primeiros
e você?
Mateus
os teus me desafiaram
mofaram de minha pessoa
no relento me deixaram
A passo de tartaruga

os teus
se vão — menos

Os meus, meus
não passam

Assim ou assado?

poderia ter começado de uma determinada maneira
foi de outra que me aprouve
não se trata de capricho, mas urgência
e um sentimento íntimo de que estou
onde toco, arremesso

no entanto é minha convicção que
se tivesse escolhido a outra parte
teria sido melhor e por quê?
isso ninguém explica, não serei eu

do mesmo modo que se pôde assegurar
na parábola cristã que Marta
tinha escolhido a melhor parte
e esta não lhe seria tirada

não vem ao caso se é Marta ou Maria
a minha pobre escolha de cada dia
mas o pão que o outro amassou
assim, assado
foi assim ou assado que comi?

ATRAVÉS
do nevoeiro de palavras
passa o cavalo da fome
Ele não empaca
não tem juízo
não avisa
ele continua
Quando o ar é mais denso
o cavalo
se ala
sobre nossa cabeça

Da cartola, para uma entrevista

As palavras eles me deram
a gente sabe
eu acolhi
algumas
eu tento mesmo colher
são aquelas fincadas
em tempos
não andam por aí
nem por isso
vamos tocando
Com os anos fiquei esperta:
fui produzindo aprisionamentos
pentagramas
meio bruxaria mesmo
descem espíritos saem
evidente que há
uma corporeidade básica
Por que será que as bruxas gostam, gostavam
tanto de glândulas?
e pelos, unhas, bigodes?
Sem secreção não tem espírito não

De todos

vamos supor que seja tarde
que você perdeu o caminho
e não pode mais gritar
de outro modo
vamos supor que a *rosa da linguagem*
estivesse em sua mão

mas a rosa é aquela rosa
na colcha de outra mão

o geral não me infirma
você ajeita a frágil trama
violeta violável violírica
a examina e atavia
você leva com a barriga
a rosa depauperada
contudo ainda íntima

mas a rosa é aquela rosa
na colcha de outra mão

a rosa é de todos
de todos que conspiram
evaporou o segredo
você não o diz
a mim você também
leva com a barriga

Sinai

Ele jamais foi conivente;
apenas não via.
Faltava-lhe o sentimento moral.
Tarde as tábuas da lei lhe caíram ante os olhos;
em momento mosaico
pôde aquilatar com justeza
seu passado, seu obscurecimento.
Foi quando, ao clarão súbito da verdade antiga,
desviou o semblante cúmplice
como um diabo que se confundisse.

Ele que se divertira tanto e uma tradição ruim perpetuara
com um credo arcaico, de crimes absconsos,
agora compreendia, no fundo de sua alma atribulada,
quanto fizera pelo conluio universal, a trama de ferro
na qual viera parar como um inseto enceguecido.
Jamais se tinha perguntado até então
sobre o destino do trem em que entrara.
Os trilhos do trem! Sim, há os trilhos!, espantava-se.

Por muito que chorasse e sua vida inteira reprovasse,
a cena toda ia no interior do que ele se punha a esquadrinhar,
e aquele maquinismo tão orgânico, cuja pulsação
                                        lhe era familiar,
aquele maquinismo — ah era sua alma mesmo e seu passado!
Comunicava-lhe a matéria tudo quanto o rodeava.
                                        Em tudo vislumbrava
uma fisionomia mais íntima,
e isso no sagrado instante em que gozava
de perspectiva distanciada!

A mesma luz que a natureza de sua condição esclarecia —
via-se prisioneiro obscuro, e não, como pensara,
alegre conviva —
pouco a pouco o desarmava,
por fim lhe derrubando as animadas mãos que um
breve instante
impelira a desenhar muitos, muitos! protestos no ar —
maquinações de um mundo mais sensato.

O ver claro não é motivo para afrouxar, antes para agravar
o ajuizamento que faremos — ó nós,
onde quer que estejamos!
Sabemos bem onde estamos,
também tivemos o momento mosaico.
Vemos claro, claro, claro — isso nos serviu de alguma
coisa.

Ajuizemos, pois, com justiça o nosso colega:
Ele é conivente?
Ele continua no trem.
Não há como sair do trem!
Mas ele continua no trem.
Sim, ele é conivente.
Então ele se tornou conivente após receber a lei para
a sua glória?
Sim, porque ele insiste no que descobriu ser insensato.
Mas tudo lhe parecia tão íntimo!
De primeiro, tudo lhe parecera estranho.
Ele também não sabe para onde vai o trem.
É muito ruim um homem não saber essas coisas.
Então ele insiste em algo que sabe ser errado?

Ele insiste porque é isso ou morrer. A propósito:
por que não morremos?
Por que não morremos?
Já discutimos isso. Decidimos...
Bem, ele se tornou conivente depois da revelação.
Como nós.
Como nós.
Ver claro deve ser de alguma ajuda.
Também acredito. Porque a qualquer hora...
A baleia vai abrir a boca.
E *saberemos* que ela abriu a boca.
Saber essas coisas não nos livrou de um julgamento
mais duro.
Não há razão para ser diferente com ele.

Móbile

Basicamente você confia no mundo
o contrapesa mas aceita
sua mente graciosa guinda e organiza
como o dentro-fora de tranquilos móbiles
o que sobrou de todo encadeamento

Você me diz
O mundo já esteve pior
Eu digo
Podia estar muito, muito melhor
Você
Não acha que da perspectiva...
Talvez falte a meu caráter melancólico
movimento e perspectiva
Talvez lhe falte ciência
razão por que confunde a estatística
e pesa

Mas calo a meu amigo
o quanto vim a me afeiçoar
a otimistas como ele, de bom coração
às fadas construtoras de móbiles
de cuja proximidade não posso mais arredar
como um vigia incrédulo mas zeloso
por aqueles ossinhos pendentes —
despojos para crianças

É quando digo
a meus botões
para trás os fortes, os que não sabem de nada
aqui não se permite
perturbar as crianças!

COMO é triste
a construção civil
como é feia
a construção civil
não tenho estro
nem mesmo preparo
cheguei aqui
não sei exprimir
de que feio é feita
a construção civil

Um camarada

Se ele furtou um pedaço de bolo
do que não é capaz de pegar?
Se ele pulou a cerca às escuras
entrou na cozinha pelas caladas
e deus me perdoe pôs aquela mão suja no bolo
usou faca? se usou
pôs a mão suja na faca
a ponta dos dedos na massa
antes fossem dois ratos
antes fosse aquela mordida irregular
eu teria a certeza de um tecido inteiro infectado
não acordaria em paz contudo dormiria em paz

Arabesco

Não sai mais de casa
às vezes nem da cama
Tão larga, apenas fica
de pé ou deitada
Não que não se sentasse
não é que tenha atingido o nível mórbido
longe disso
mas é-lhe insuportável ver a carne desbordar o assento
das festas, do ônibus, do cinema
Tem ganas de cortar, dobrar, pôr debaixo do tapete
do tapete de sua carne
Esta, contudo, se desalinhava do osso, projeta-se no ar
e, desnecessária como um arabesco, pende
Como é vergonhoso tudo que pende!

E o inadmissível

Houve displicência no julgamento
o medo de sempre
tremulava endurecia como nata
dava pra levantar com uma pinça
Você não faria isso
havia medo, havia nata e pinça
e o inadmissível

Neste quartinho

Neste quartinho dormiram
minha vó já velhinha
uma tia depois do derrame
as empregadas todas
o pedreiro
o encanador de Itajubá
o marceneiro de Cajamar
a costureira baratinha
com máquina portátil
aqui eu punha os pintinhos
aqui dormia a cachorra
e já dormiu um coelho
que não aguentou muito
Aqui já namorei muito

Órfico

Meu pedinte
tome este pano de lã
e este cheque em branco
não me avise
sobre a quantia
você não pode telefonar
nem vir até minha casa
Desista desta esquina se o propósito
for me encontrar
Nunca mais você me verá
nunca mais

Você faltou

Você faltou
eu faltei para mim
talvez não devêssemos perdoar
isso
porque também acontece a decisão
como a de escorregar para fora
da minha coerência

que embora seja imaginária
veio a dar lugar a algo mais ingrato e irreal
isso não sei nomear
uma decisão *minha* tomada fora
do santo lago da minha coerência

Assim
foi como se eu não tivesse decidido nada
eu não estava nem ao menos ao meu estilo
creio que no candomblé
teriam problemas em avaliar
quem se posicionou sobre quem

Pra dizer a verdade
me sinto um homem voando sem asa
com um pássaro entre os pés

O douto Mateus

O senhor oculto vê o oculto
assim não venha a saber a mão esquerda
do que fez a mão direita
só ao senhor num canto invisível
apareça em suas cores o ato invisível
Isso é tão bonito, Mateus
porque no fundo vale a virtude
que no amor de si mesma se efetivou
já é possível aí, Mateus
negar mesmo o deus
já é possível aí
imaginar as coisas mais puras
sem o auxílio de deus
praticamente um eficaz *como se*
que realizada a virtude
some, se esquece

Então as caridades obscuras
sem alarde multiplicam
nas esquinas de todo o mundo
ativas mas disfarçadas
traficando a nova lei
Depois de tudo
quem se lembrará de deus?
Isso é bonito, Mateus

Todavia esse método astuto pelo qual
o amor a deus supera o amor ao homem
e o fim é elevar o amor ao homem
também enfraquece
como outros que a sua procura
se desencadeiam e já sem o recurso mágico
pelas castas consolidado

Morto e sepultado o senhor
a testemunha oculta com que contávamos
agora se apressam até a luz
todas as bondades
concorrem fartamente e se esbarram
com mil lances, patrocinadas
Para não ficar no livre mercado
cito mesmo a conversa franca
de amigos — ora não pode
entre amigos o mais íntimo subir à tona?

Mateus
quem recebe e quem dá estavam em luta —
por que estimar a quem se furta?
Contudo como sinto a beleza
da mão oculta ao deus oculto
da mão oculta ao nada oculto
da mão oculta, fastio do humano
quando sabe que a verdade
pode não aparecer e atua
Isso é tão digno

Aquele que recebe
hoje agradece
tiraram-lhe o chão para a fúria
contra a boa alma oculta
Mateus:
nem virtude nem luta

Lá no fundo

É lá no fundo
que os descarrego
reúnem-se todos
se estiram até
romperem
as macérrimas fibras
justamente quando as percebemos

Tão parecidos
sem agudos
como ficam moles os gritos
fazem o s dos vermes
o estágio seguinte
é definharem
perdem
aquela cor de burro
ficam sequinhos
amontoados
como
pauzinhos pretos
no fim de tudo: fu!

Sequência

I

Estamos quietos sobre as telhas
haverá economia de sinais
como nas vezes em que a benevolência é testada
Quando chegar o momento
seremos mortos pela curiosidade
Então jogadas na toalha da rua
as letras vivomortas do aviso —
Você quer que eu repita?

II

"O assento é para os idosos"

a velha muito feia com barbicha
se aproximou da bica com um cântaro
o qual lhe pesava demais sobre o ombro ressequido
a moça menos bonita e muito má riu de lado
deplorando consigo aquela cena grotesca
já a mais linda que era um anjo de bondade
se apressou em oferecer auxílio e aliviou a velha de
seu fardo ela não sabia que a mulher era uma fada
disfarçada mas a irmã sabia que por ali ia passar uma
fada ela ficou esperando

REGISTRO

Os poemas que compõem este livro foram escritos entre 2004 e 2010, à exceção de dois, de 1999 e 2000. Alguns foram publicados antes, por vezes em versão ou com título diferente do atual, nos seguintes periódicos e sites eletrônicos, a cujos editores agradeço:

Cult. Revista Brasileira de Literatura, n. 27 ("Depoimento"). São Paulo, Lemos Editorial, outubro de 1999.

Teresa. Revista de Literatura Brasileira, n. 3. ("Mateus"). São Paulo, Departamento de Letras Clássicas e Vernáculas, FFLCH-USP/ Editora 34, 2002.

Jandira. n. 1 ("Arabesco"). Juiz de Fora, Funalfa Edições, 2004.

Cacto ("Princípios"). São Paulo, Unimarco, 2004.

Novos Estudos CEBRAP, n. 70 ("Em memória", "De todos"). São Paulo, novembro de 2004.

Revista Entrelivros, n. 17 ("Os sonsos", "Eu sei que era um saci", "Irmãzinha", "Refresco dos meus olhos", "Os cães daqui", "Paizinho"). São Paulo, Duetto Editorial, setembro de 2006.

Esquina Literária ("Irmãzinha", "Tão completos", "Sinai"). http://esquinaliteraria.blogspot.com/2009/04/3-poemas-de-priscila--figueiredo.html. São Paulo, 2009.

AGRADECIMENTOS

Às pessoas que colaboraram para a concretização deste livro (revisão, sugestões, recomendação):

Airton Paschoa, Fabio Weintraub, Heloisa Jahn, Luiz Repa, Roberto Schwarz, Ronald Polito, Ruy Proença, Sebastião Lacerda e Vilma Arêas

SOBRE A AUTORA

Priscila Loyde Gomes Figueiredo nasceu em 4 de maio de 1973. Começou a escrever poesia aos 12 anos, depois de ler *Primeiras estórias,* de Guimarães Rosa. Entre 1991 e 1995 fez Letras na Universidade de São Paulo, onde também realizou mestrado e doutorado em Literatura Brasileira. Participou do grupo Cálamo, de pesquisa e produção poética. Publicou *Em busca do inespecífico* (editora Nankin, 2001) e organizou o livro *Navios negreiros* (editora S&M, 2009).

editora responsável
VIVI NABUCO
editoria executiva
SEBASTIÃO LACERDA
assessor especial
FERNANDO PEDREIRA
assessoria jurídica
MANOEL NABUCO
design gráfico
RAUL LOUREIRO/ CLAUDIA WARRAK
revisão
CLARISSE CINTRA
produção editorial e gráfica
MARCELLO BRAGA MACHADO
LIANA PÉROLA SCHIPPER
MARIANA FERREIRA DA SILVA

CIP-Brasil. Catalogação-na-fonte
Sindicato Nacional dos Editores de Livros, RJ
F488m

Figueiredo, Priscila
Mateus: poemas / Priscila Figueiredo.
— Rio de Janeiro: Bem-Te-Vi, 2011. 64 p.
(Canto do Bem-Te-Vi)

ISBN 978-85-88747-40-1

1. Poesia brasileira. I. Título. II. Série.

11-2112. CDD: 869.91
CDU: 821.134.3(81)-1

14.04.11 18.04.11 025799

BEM-TE-VI
PRODUÇÕES LITERÁRIAS
ESTRADA DA GÁVEA 712/402
SÃO CONRADO
RIO DE JANEIRO–RJ
CEP 22610-002
WWW.EDITORABEMTEVI.COM.BR
EMAIL: BEM-TE-VI@BEM-TE-VI.NET